KB264388

오늘은 내가 반달로 떠도

THOUGH I AM A HALF MOON RISING TONIGHT

Benedict Press, Waegwan, Korea

오늘은 내가 반달로 떠도
1983년 9월 초판
2003년 12월 개정판(56쇄)
2025년 4월 61쇄
ⓒ 지은이 · 이해인 | 펴낸이 · 박현동

펴낸곳 · 성 베네딕도회 왜관수도원 분도출판사
찍은곳 · 분도인쇄소
등록 · 1962년 5월 7일 라15호
04606 서울 중구 장충단로 188(분도출판사 편집부)
39889 경북 칠곡군 왜관읍 관문로 61(분도인쇄소)
분도출판사 · 전화 02-2266-3605 · 팩스 02-2271-3605
분도인쇄소 · 전화 054-970-2400 · 팩스 054-971-0179
www.bundobook.co.kr
ISBN 978-89-419-0318-5 03810

이 해 인

오늘은 내가 반달로 떠도

분도출판사

새로 꾸미며

1983년에 초판이 나온 이래 55쇄 이상을 거듭할 만큼 특별한 홍보 없이도 많은 독자들의 꾸준한 사랑을 받아 온 나의 세 번째 시집 『오늘은 내가 반달로 떠도』가 20년 만에 새롭게 선보이는 기쁨을 누구보다도 독자들과 함께 나누고 싶습니다.

표제작인 「오늘은 내가 반달로 떠도」는 원래 「겨울 아가雅歌」라는 제목의 시였는데 시집 제목을 위해 본문의 한 구절을 따서 새로 붙인 것입니다.

이해인이라는 이름이 세상에 더 많이 알려지는 계기를 만들어 준 이 세 번째 시집은 이런저런 추억을 많이 안겨 주기도 하였습니다. 1980년대 어느 시 낭송 모임에 갔을 적에 바로 앞자리에 앉은 어느 독자가 이 시집을 들고 있어 부끄러움과 설렘이 교차하던 그 고운 시간도 잊혀지지 않습니다. 특히 「가을 편지」 연작시가 좋다며 편지를 보내 준 분들, 오빠의 글을 보고 울었다는 분들의 편지를 읽

고 정성껏 답을 해 준 적도 많았습니다. 네 권이나 되는
파일에 들어 있는 『반달』 독자들의 글을 지금 다시 꺼내
읽으려니 이미 세상을 떠난 분들의 것도 있어 숙연해지는
마음입니다. 이 시집을 연극 무대에 올리고 싶다면서 부
산까지 찾아온 어느 기획자에게 단호하게 안 된다고 하여
서운함을 안겨 준 일도 있었지요. 꽃과 계절에 대한 시들
은 더러 아름다운 노래로 만들어 불려지기도 하였습니다.
김승희 시인의 표현처럼 우리는 모두 "원으로 차오르는
반달의 시학", "반달의 영성"을 사는 것이 아닐까요?

완전한 원이신 하느님을 향한 수도 여정에 나는 오늘도
그분을 그리워하는 반달의 모습으로, 이웃을 위해 숨어서
도 "웃음 잃지 않는 누이"의 모습으로 길을 가고 있는 작
은 수녀, 작은 시인임을 기뻐합니다.

끝으로 아름다운 그림으로 책을 빛내 주신 화가 신소연
님과 부족한 책에 새 옷 입히는 작업을 해 주신 분도출판
사에 깊이 감사드립니다.

2003년 늦가을

바다가 보이는
광안리 성 베네딕도 수녀원에서
이해인 수녀

서시

당신을 위한 나의 기도가
그대로
한 편의 시가 되게 하소서

당신 안에 숨쉬는 나의 매일이
읽을수록 맛드는
한 편의 시가 되게 하소서

때로는 아까운 말도
용기 있게 버려서 더욱 빛나는
한 편의 시처럼 살게 하소서

바람이 붑니다. 당신을 기억하는 내 고뇌의 분량만큼
보이지 않게 보이지 않게 바람이 불고 있습니다

하 나

가을 편지

1

당신이 내게 주신 가을 노트의 흰 페이지마다 나는 서
투른 글씨의 노래들을 채워 넣습니다. 글씨는 어느새
들꽃으로 피어서 당신을 기다리고 있습니다.

2

말은 없어지고 눈빛만 노을로 타는 우리들의 가을, 가
는 곳마다에서 나는 당신의 눈빛과 마주칩니다. 가을
마다 당신은 저녁노을로 오십니다.

3

말은 없어지고 목소리만 살아남는 우리들의 가을, 가
는 곳마다에서 나는 당신의 목소리를 듣습니다. 그 목
소리에 목숨을 걸고 사는 나의 푸른 목소리로 나는 오
늘도 당신을 부릅니다.

4

가을의 그윽한 이마 위에 입맞춤하는 햇살, 햇살을 받
아 익은 연한 햇과일처럼 당신의 나무에서 내가 열리
는 날을 잠시 헤아려 보는 가을 아침입니다. 가을처럼
서늘한 당신의 모습이 가을 산천에 어립니다. 나도 당
신을 닮아 서늘한 눈빛으로 살고 싶습니다.

5

싱싱한 마음으로 사과를 사러 갔었습니다. 사과씨만
한 일상의 기쁨들이 가슴속에 떨어지고 있었습니다.
무심히 지나치는 나의 이웃들과도 정다운 인사를 나
누고 싶었습니다.

6

기쁠 때엔 너무 드러나지 않게 감탄사를 아껴 둡니다.
슬플 때엔 너무 드러나지 않게 눈물을 아껴 둡니다.
이 가을엔 나의 마음 길들이며 모든 걸 참아 냅니다.
나에 도취하여 당신을 잃는 일이 없기 위하여 ―

7

길을 가다 노랗게 물든 나뭇잎을 주웠습니다. 크나큰 축복의 가을을 조그만 크기로 접어 당신께 보내고 싶습니다. 당신 앞엔 늘 작은 모습으로 머무는 나를 그래도 어여삐 여기시는 당신.

8

빛 바랜 시집, 책갈피에 숨어 있던 20년 전의 단풍잎에도 내가 살아온 가을이 빛나고 있습니다. 친구의 글씨가 추억으로 찍혀 있는 한 장의 단풍잎에서 붉은 피 흐르는 당신의 손을 봅니다. 파열된 심장처럼 아프디아픈 그 사랑을 내가 읽습니다.

9

당신을 기억할 때마다 내 마음은 불붙는 단풍숲, 누구도 끌 수 없는 불의 숲입니다. 당신이 그리울 때마다 내 마음은 열리는 가을 하늘, 그 누구도 닫지 못하는 푸른 하늘입니다.

10

하찮은 일에도 왠지 가슴이 뛰는 가을. 나는 당신 앞
에 늘 소심증 환자입니다. 내 모든 잘못을 고백하고
나서도 죄는 여전히 크게 남아 있고, 내 모든 사랑을
고백하고 나서도 사랑은 여전히 너무 많이 남아 있는
것 ― 이것이 때로는 기쁘고 때로는 초조합니다.

11

뜰에는 한 잎 두 잎 낙엽이 쌓이고 내 마음엔 한 잎
두 잎 시가 쌓입니다. 가을이 내민 단풍빛의 편지지에
타서 익은 말들을 적지 않아도 당신이 나를 읽으시는
고요한 저녁, 내 영혼의 촉수 높여 빈방을 밝힙니다.

12

나무가 미련 없이 잎을 버리듯 더 자유스럽게, 더 홀
가분하게 그리고 더 자연스럽게 살고 싶습니다. 하나
의 높은 산에 이르기 위해서는 여러 개의 낮은 언덕도
넘어야 하고, 하나의 큰 바다에 이르기 위해서는 여러
개의 작은 강도 건너야 함을 깨우쳐 주셨습니다. 그리
고 참으로 삶의 깊이에 도달하기 위해서는 하찮고 짜
증스럽기조차 한 일상의 일들을 최선의 노력으로 견
디어 내야 한다는 것을.

13

바람이 붑니다. 당신을 기억하는 내 고뇌의 분량만큼
보이지 않게 보이지 않게 바람이 불고 있습니다.

14

숲 속에 앉아 해를 받고 떨어지는 나뭇잎들의 기도를
들은 적이 있습니까. 한 나무에서 떨어지는 서로 다른
이야기를 들은 적이 있습니까? 이승에 뿌리내린 삶의
나무에서 지는 잎처럼 하나씩 사람들이 떨어져 나갈
때 아무도 그의 혼이 태우는 마지막 기도를 들을 수
없어 안타까워해 본 적이 있습니까. 지는 잎처럼 그의
삶이 또한 잊혀져 갈 것을 "당연한 슬픔"으로 받아들
이지 못해 괴로워해 본 적이 있습니까.

15

은행 잎이 지고 있어요. 노란 꽃비처럼, 나비처럼 춤
을 추는 무도회. 이 순간을 마지막인 듯이 당신을 사
랑한 나의 언어처럼 쏟아지는 빗소리 — 마지막으로
아껴 두었던 이별의 인사처럼 지금은 잎이 지고 있어
요. 그토록 눈부시던 당신과 나의 황금빛 추억들이 울
면서 웃으면서 떨어지고 있어요. 아프도록 찬란했던
당신과 나의 시간들이 또다시 사랑으로 지고 있어요.

16

당신은 늘 나를 용서하는 어진 바다입니다. 내 모든
죄를 파도로 밀어내며 온몸으로 나를 부르는 바다. 나
도 당신처럼 넓혀 주십시오. 나의 모든 삶이 당신에게
업혀 가게 하십시오.

17

당신은 늘 나를 무릎에 앉히는 너그러운 산. 내 모든
잘못을 사랑으로 덮으며 오늘도 나를 위해 낮게 내려
앉는 산. 나를 당신께 드립니다. 나도 당신처럼 높여
주십시오.

18

당신은 내 생에 그어진 가장 정직한 하나의 선. 그리
고 내 생에 찍혀진 가장 완벽한 한 개의 점. 오직 당
신을 위하여 살게 하십시오.

19

당신이 안 보이는 날. 울지 않으려고 올려다본 하늘
위에 착한 새 한 마리 날고 있었습니다. 당신을 향한
내 무언無言의 높고 재빠른 그 나래짓처럼.

20

당신은 내 안에 깊은 우물 하나 파 놓으시고 물은 거
저 주시지 않습니다. 찾아야 주십니다. 당신이 아니고
는 채울 수 없는 갈증. 당신은 마셔도 끝이 없는 샘,
돌아서면 즉시 목이 마른 샘 ─ 당신 앞엔 목마르지
않은 날 하루도 없습니다.

21

이 가을엔 안팎으로 많은 것을 떠나보냈습니다. 원해
서 가진 가난한 마음 후회롭지 않도록 나는 산새처럼
기도합니다. 시도 못 쓰고 나뭇잎만 주워도 풍요로운
가을날, 초승달에서 차오르던 내 사랑의 보름달도 어
느새 다시 그믐달이 되었습니다.

22

바다 위에 우뚝 솟은 섬은 변함이 없고 내 마음 위에
우뚝 솟은 사랑도 변함이 없습니다. 사랑은 밝은 귀,
귀가 밝아서 내가 하는 모든 말 죄다 엿듣고 있습니
다. 사랑은 밝은 눈, 눈이 밝아서 내 속마음 하나도
놓치지 않고 모조리 읽어 냅니다. 사람은 늙어 가도
늙지 않는 사랑. 세월은 떠나가도 갈 줄 모르는 사랑.
나는 그를 절대로 숨길 수가 없습니다.

23

잊혀진 언어들이 어둠 속에 깨어나 손 흔들며 옵니다.
국홧빛 새 옷 입고, 석류알 웃음 물고 가까이 옵니다.
그들과 함께 나는 밤새 화려한 시를 쓰고 싶습니다.
찔레 열매를 닮은 기쁨들이 가슴속에 매달립니다. 풀
벌레가 쏟아 버린 가을 울음도 오늘은 쓸쓸할 틈이 없
습니다.

24

당신이 축복해 주신 목숨이 왜 이다지 배고픕니까. 내게 모든 걸 주셨지만 받을수록 목마릅니다. 당신께 모든 걸 드렸지만 드릴수록 허전합니다. 언제 어디에서 끝이 나겠습니까.

25

당신과의 거리를 다시 확인하는 아침 미사에서 나팔꽃으로 피워 올리는 나의 기도 — 나의 사랑이 티 없이 단순하게 하십시오. 풀숲에 앉은 민들레 한 송이처럼 숨어 피게 하십시오.

26

오늘은 모차르트 곡을 들으며 잠들고 싶습니다. 몰래 숨어 들어온 감기 기운 같은 영원에의 그리움을 휘감고 쓸쓸함조차 실컷 맛들이고 싶습니다. 당신 아닌 그 누군가에게 기대를 걸었던 나의 어리석음도 뉘우치면서 당신 안에 평온히 쉬고 싶습니다.

27

엄마를 만났다 헤어질 때처럼 눈물이 핑 돌아도 서운
하지 않은 가을날. 살아 있음이 더욱 고맙고 슬픈 일이
생겨도 그저 은혜로운 가을날. 홀로 떠나기 위해 홀로
사는 목숨 또한 아름다운 것임을 기억하게 하소서.

28

가을이 저물까 두렵습니다. 가을에 온 당신이 나를 떠
날까 두렵습니다. 가을엔 아픔도 아름다운 것. 근심으
로 얼굴이 햏쑥해져도 당신 앞엔 늘 행복합니다. 걸을
수 있는데도 업혀 가길 원했던 나. 아이처럼 철없는
나의 행동을 오히려 어여삐 여기시던 당신 — 한 켤레
의 고독을 신고 정갈한 마음으로 들길을 걷게 하여 주
십시오.

29

잃은 단어 하나를 찾아 헤매다 병이 나 버리는 나의
마음을 창 밖의 귀뚜라미는 알아줍니다. 사람들이 싫
어서는 아닌데도 조그만 벌레 한 마리에서 더 큰 위로
를 받을 때도 있음을 당신은 아십니다.

30

여기 제가 왔습니다. 언제나 사랑의 원정園丁인 당신.
당신이 익히신 저 눈부신 열매들을 어서 먹게 해 주십
시오. 가을 하늘처럼 높고 깊은 당신 사랑의 비법을
들려주십시오. 당신을 부르는 내 마음이 이 가을엔 좀
더 겸허하게 하십시오.

그 후로 나는 바다에 가지 않고도 언제나 바다를 사네

내가 뛰어가던 바다는

1

처음으로 사랑을 배웠을 제
내가 뛰어가던 바다는
하늘색 원피스의 언니처럼
다정한 웃음을 파도치고 있었네

더 커서 슬픔을 배웠을 제
내가 뛰어가던 바다는
실연당한 오빠처럼
시퍼런 울음을 토해 내고 있었네

어느 날 이별을 배웠을 제
내가 뛰어가던 바다는
남빛 치마폭의 엄마처럼
너그러운 가슴을 열어 주었네

그리고 마침내 기도를 배웠을 제
내가 뛰어가던 바다는
파도를 튕기는 은어처럼
펄펄 살아 뛰는 하느님 얼굴이었네

2

이렇게 후련할 수 있을까
마음에 붙은 불을
물 같은 마음으로 꺼 버리고
바다에 나갔을 제

바다는
내가 감추어 둔 슬픔마저
눈치 채고 가라앉혔네

내가 너무 욕심이 많아
나와 함께
답답했던 바다여

이제 욕심을 버리려
바다에 왔을 제
처음으로 내 안에 출렁이는
자유의 바다여

3

바다에 와서
빈 배를 보면
왜 이리 기쁜가

빈 마음으로
떠날 수 있음은
얼마나한 아름다움인가

수평선을 바라보며
내 굽은 마음을 곧게
흰 모래를 밟으며
내 굳은 마음을 부드럽게 ―

손에 쥔 몇 개의 조가비가
푸른 음성으로 읊어 대는
바다의 시

해초를 캐듯
시를 캐는
해녀이고 싶어
썰물 때의 바닷가에서

4

아이를 달래는 엄마처럼
가슴이 열린 바다

그는
가진 게 많아도
뽐내지 않는다

줄 게 많아도
우쭐대지 않는다

5

답답한 마음
바다에 내려놓고
탁 트인 마음 들고 온다

가득 찬 욕심
바다에 벗어 놓고
빈 마음 들고 온다

6

숨은 보물을 찾듯
모래밭에 묻힌
조개껍질들을 줍는다

파도에 씻긴
조그맣고 단단한 그 얼굴들은
바다가 낳은 아이들

태어날 적부터
섬세한 빛깔의
무늬 고운 옷을 입고 있다

하얀 모래밭에
모래알 웃음을
쏟아 내고 있다

7

저녁바다에서
내가 바치는 바닷빛 기도는

속으로 가만히
당신을 부르는 것

바람 속에
조용히 웃어 보는 것

바다를 떠나서도
바다처럼 살겠다고
약속하는 것

8

바다는 온몸으로
시를 읊는 나의 선생님

때로는 높게
때로는 낮게

어느 날은 거칠게
어느 날은 부드럽게

가끔은 내가 알아듣지 못해도
멈추지 않고 시를 읊는
푸른 목소리의 선생님

9

바다는 온몸으로
그림을 그리는 나의 선생님

때로는 푸른빛
때로는 남빛

어느 날은 회색빛
어느 날은 검푸른빛

가끔은 내가 알아보지 못해도
아무도 흉내 낼 수 없는 그림을
쉬지 않고 그리는
아름다운 선생님

10

바다에 가지 않아도
항상 내 안에는
바다가 출렁이네

눈을 들면
수평선

파도로 뛰는 마음
늘 푸르게 살라 한다
물새로 깃을 치는 마음
늘 기쁘게 살라 한다

당 신 을 부 르 는 것 만 으 로 도
진 하 게 묻 어 오 는 목 숨 의 향 기

셋

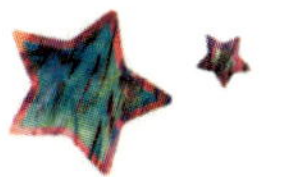
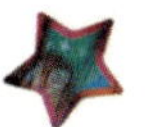

꽃 노래

민들레

밤낮으로 틀림없이
당신만 가리키는
노란 꽃시계

이제는 죽어서
날개를 달았어요

당신 목소리로 가득 찬 세상
어디나 떠다니며 살고 싶어서
당신이 사랑하는 모든 사람
나도 사랑하며 살고 싶어서

바람을 보면
언제나
가슴이 뛰었어요

주신 말씀
하얗게 풀어내며

당신 아닌 모든 것
버리고 싶어

당신과 함께 죽어서
날개를 달았어요

개나리

눈웃음 가득히
봄 햇살 담고
봄 이야기
봄 이야기
너무 하고 싶어
잎새도 달지 않고
달려 나온
네 잎의 별꽃
개나리꽃

주체할 수 없는 웃음을
길게도
늘어뜨렸구나

내가 가는 봄맞이 길
앞질러 가며
살아 피는 기쁨을
노래로 엮어 내는
샛노란 눈웃음 꽃

수선화

초록빛 스커트에
노오란 블라우스가 어울리는
조용한 목소리의
언니 같은 꽃

해가 뜨면
가슴에 종을 달고
두 손 모으네

향기도 웃음도
헤프지 않아
다가서기 어려워도
맑은 눈빛으로
나를 부르는 꽃

헤어지고 돌아서도
어느새
샘물 같은 그리움으로
나를 적시네

라일락

바람 불면
보고 싶은
그리운 얼굴

빗장 걸었던 꽃문 열고
밀어내는 향기가
보랏빛, 흰빛
나비들로 흩어지네
기쁨에 취해
어지러운 나의 봄이
라일락 속에 숨어 웃다
무늬 고운 시로 날아다니네

천리향

어떠한 소리보다
아름다운 언어는
향기

멀리 계십시오
오히려
천리 밖에 계셔도
가까운 당신

당신으로 말미암아
내가
꽃이 되는 봄
마음은
천리안

바람 편에 띄웁니다
깊숙이 간직했던
말 없는 말을
향기로 대신하여 —

치자꽃

눈에 익은
어머니의
옥양목 겹저고리

젊어서 혼자된
어머니의 멍울진 한을
하얗게 풀어서
향기로 날리는가

"애야, 너의 삶도
이처럼 향기로우렴"

어느 날
어머니가
편지 속에 넣어 보낸
젖빛 꽃잎 위에

추억의 유년이
흰 나비로 접히네

파꽃

뿌리에서 피워 올린
소망의 씨앗들을
엷은 베일로 가리고 피었네

한 자루의 초처럼 똑바로 서서
질긴 어둠을
고독으로 밝히는 꽃

향기조차 감추고
수수하게 살고 싶어

줄기마다 얼비치는
초록의 봉헌기도

매운 눈물은
안으로만 싸매 두고
스스로 깨어 사는
조용한 꽃

백목련

꼭 닫혀 있던 문이기에
더욱 천천히
조심스레 열리네

침묵 속에 키워 둔 말
처음으로 꽃피우며
하늘 보는 기쁨이여

누구라도 사랑하고
누구라도 용서하는
어진 눈빛의 여인

미운 껍질을 깨듯
부질없는 욕심을 밀어내고
눈부신 아름다움도
겸허히 다스리며
서 있는 모습 그대로
한 송이 시가 되는 백목련

예수 아기 안은 성모처럼
가슴을 활짝 열고
하늘을 담네
모든 이를 오라 하네

튤립

가까이 다가서면
피아노 소리가
들릴 것만 같은
튤립

무엇을
숨겨 둔 것일까?

항상
다는 펼치지 않고
조심스레 입 다문 모습이
더욱 황홀하여라

슬픔 중에도
네 앞에선
울 수 없구나

어둠과 우울함은
빨리 떨쳐 버리라며

가장 환한
웃음의 불을 켜서
내게 당겨 주는 꽃

한 송이 수련으로

내가 꿈을 긷는 당신의 못 속에
하얗게 떠다니는
한 송이 수련으로 살게 하소서

겹겹이 쌓인 평생의 그리움
물 위에 풀어놓고
그래도 목말라 물을 마시는 하루

도도한 사랑의 불길조차
담담히 다스리며 떠다니는
당신의 꽃으로 살게 하소서

밤마다
별을 안고 합장하는
물빛의 염원

단 하나의 영롱한 기도를
어둠의 심연에서 건져 내게 하소서

나를 위해
순간마다 연못을 펼치는 당신

그 푸른 물 위에
말없이 떠다니는
한 송이 수련으로 살게 하소서

백합의 말

지금은
긴말을
하고 싶지 않아요

당신을 만나
되살아난
목숨의 향기

캄캄한 가슴속엔
당신이 떨어뜨린
별 하나가 숨어 살아요

당신의 부재不在조차
절망이 될 수 없는
나의 믿음을

승리의 향기로
피워 올리면

흰옷 입은
천사의 나팔 소리

나는 오늘도
부활하는 꽃이에요

채송화 꽃밭에서

아직 말을 못 배워
더욱 티 없는
아기들의 세상
색동의 꿈들이
나를 흔드네

꽃아기들 잘 보려면
나도 작아져야 해
마음을 비우고
아기처럼
더욱 겸손해져야 돼

말을 하기 전에
노래를 먼저 배워 행복한
꽃아기들의 세상

색동의 웃음들이
나를 흔드네

석류꽃

지울 수 없는
사랑의 화인火印
가슴에 찍혀

오늘도
달아오른
붉은 석류꽃

황홀하여라
끌 수 없는
사랑

초록의 잎새마다
불을 붙이며
꽃으로 타고 있네

선인장

사막에서도
나를
살게 하셨습니다

쓰디쓴 목마름도
필요한 양식으로
주셨습니다

내 푸른 살을
고통의 가시들로
축복하신 당신

피 묻은
인고의 세월
견딜 힘도 주셨습니다

그리하여
살아 있는
그 어느 날

가장 긴 가시 끝에
가장 화려한 꽃 한 송이
피워 물게 하셨습니다

달개비꽃

반딧불처럼 너무 빨리 지나가
잡을 수 없던 나의 시어들이
지금은 이슬을 달고
수도 없이 피어 있네

남빛 꽃잎의 물감을 풀어
그림을 그리라고?

잘라 내도 마디마디
다시 돋는 잎새를 꺾어
시를 쓰라고?

풀숲에 들어앉아
잡초로 불려도 거리낌이 없는
그토록 고운 당당함이여

오래 헤어져 있다가
다시 만나 반가운
소꿉동무의 웃음으로

물결치는 꽃

하늘 담긴 동심의 목소리로
시드는 듯 다시 피는 희망으로
내게도 문득
남빛 끝동을 달아 주는
어여쁜 달개비꽃

들국화

꿈을 잃고 숨겨 간
어느 소녀의 넋이
다시 피어난 것일까

흙냄새 풍겨 오는
외로운 들길에
웃음 잃고 피어난
연보랏빛 꽃

하늘만 믿고 사는 푸른 마음속에
바람이 실어다 주는
꿈과 같은 얘기
멀고 먼 하늘나라 얘기

구름 따라 날던
작은 새 한 마리 찾아 주면
타오르는 마음으로 노래를 엮어
사랑의 기쁨에 젖어 보는
자꾸

하늘을 닮고 싶은 꽃

오늘은
어느 누구의 새하얀 마음을 울려 주었나
또다시 바람이 일면
조그만 소망에
스스로 몸부림치는 꽃

메밀꽃 밭에서

"우린 늘 함께 있어야 해"
"그래, 우린 늘 함께 있어야 해"

바람이 불 때마다
나직이 속삭이는
하얀 꽃무리

하늘이
구름을 떼어
푸른 들판에
점점이 쏟아 놓은
하얀 웃음 물결

과꽃과 함께

"얘, 조금만 더
놀다 가면 안 되니?"

나를 붙들던 소꿉친구의
분홍빛 치맛자락이
조용히 펄럭이네

괜스레 우울할 때면
다시 듣고 싶은
그 웃음소리

늘 꾸밈 없고
수수한 얼굴로
변함이 없어
새로운 친구

과꽃의 손을 잡고
가을을 시작하네
과꽃을 닮아
다정해지고 싶네

맨드라미

술래잡기하던 어린 시절
장독대 뒤에 숨어
숨죽이고 있던 내게
빙그레 웃어 주던
맨드라미

짙은 향기 날리지 않아도
한 번 더 쳐다보게 되는
멋쟁이 꽃아저씨

빨간 비로드 양복 입고
무도회에 가시려나?

이제는 어른이 된
나를 불러 세우고
붉게 타오르는 사랑의 기쁨
온몸으로 들려주는
사랑의 철학자
맨드라미 아저씨

호박꽃

아이를 많이 낳아 키워서
더욱 넉넉하고
따뜻한 마음을 지닌
엄마 같은 꽃

까다롭지 않아 친구가 많은 게야
웬만한 근심 걱정은
다 묻어 버린 게야
호들갑을 떨지 않고서도
기쁨을 노래할 줄 아는 꽃

사랑의 꿀 가득 담고
어디든지 뻗어 가는
노오란 평화여
순하디순한 용서의 눈빛이여

석류

참았다가
참았다가
터지는 웃음소리

바람에 익힌
가장 눈부신 환희를
엎지르리라

촘촘히 들어박힌
진홍의
찬미기도

껍질째로 쪼개어 준
가을볕
바람이 좋아

까르르 쏟아지는
찬란한
웃음소리

밤 한 톨

가을날

정든 나무에
이별을 고하며 떨어져 내린
자유의 둥근 몸짓

가시로 얽힌 집 속에서
침묵을 삼키며
얼굴 하나 안 상하고
잘도 영글었구나

햇살도 축복하는
그대의
출가出家

오늘을 위해
그토록 단단한 의지로
숨어 살았구나

엉겅퀴의 기도

제가 필요한 곳이면
어디든지 가겠습니다
누구에게든지 가서
벗이 되겠습니다

참을성 있는 기다림과
절제 있는 다스림으로
가시 속에서도 꽃을 피워 낸
큰 기쁨을 님께 드리겠습니다

불길을 지난 사랑 속에서만
물 같은 삶의 노래를 부를 수 있음을
내게 처음으로 가르쳐 준 당신

모든 걸 당신께 맡기면서도
때로는 불안했고
저 자신의 무게를 감당하기
어려울 때도 많았습니다

일상의 잔잔한 평화와
고운 질서를 거부하고 달아나고 싶던
저의 보랏빛 반란이
너무도 길었음을 용서하십시오

이젠 더 이상
진실을 거부하지 않겠습니다
허영심을 버리고
그대로의 제가 되겠습니다

당신이 원하시는 곳으로
저를 불러 주십시오
참회의 눈물을 흘린 후의
가장 겸허한 모습으로
모든 이를 사랑하게 하십시오

동백꽃에게

네가 있어
겨울에도
춥지 않구나

빛나는 잎새마다
쏟아 놓은
해를 닮은
웃음소리

하얀 눈 내리는 날
붉게 토해 내는
너의 사랑 이야기

노란 꽃밥 가득히
눈물을 담고
떠날 때는
고운 모습 그대로
미련 없이 무너져 내리는
너에게서

우린 모두
슬픔 중에도
아름답게
이별하는 법을
배우는구나

꽃 이름 외우듯이

우리 산
우리 들에 피는 꽃
꽃 이름 알아 가는 기쁨으로
새해, 새날을 시작하자

회리바람꽃, 초롱꽃, 돌꽃, 벌깨덩굴꽃
큰바늘꽃, 구름체꽃, 바위솔, 모싯대
족두리풀, 오이풀, 까치수염, 솔나리

외우다 보면
웃음으로 꽃물이 드는
정든 모국어
꽃 이름 외우듯이
새봄을 시작하자
꽃 이름 외우듯이
서로의 이름을 불러 주는 즐거움으로
우리의 첫 만남을 시작하자

우리 서로 사랑하면

언제라도 봄
먼데서도 날아오는 꽃향기처럼
봄바람 타고
어디든지 희망을 실어 나르는 향기가 되자

진달래 꽃망울처럼 아프게 부어오른 그리움

오늘은 내가 반달로 떠도

시인은

어디서나 문 열고
단 하나의 말을
찾아 나선 이여

눈 내리는 빈 숲의 겨울나무처럼
봄을 기다리며 깨어 있는 이여

마음 붙일 언어의 집이 없어
때로는 엉뚱한 곳에
둥지를 트는 새여

즐거운 날에도
약간의 몸살기로
마음 앓는 이여

잠을 자면서도
다는 잠들지 않고
시의 팔을 베는

오늘도
고달픈 순례자여

나를 부르는 당신

오를 때는 몰랐는데
내려와 올려다보면
퍽도 높은 산을 내가 넘었구나

건널 때는 몰랐는데
되건너와 다시 보면
퍽도 긴 강을 건넜구나

이제는 편히 쉬고만 싶어
다시는
떠나지 않으렸더니

아아, 당신

그래도
움직이는 산
굽이치는 강

나를 부르는
당신

수녀 1

누구의 아내도 아니면서
누구의 엄마도 아니면서
사랑하는 일에
목숨을 건 여인아
그 일이 뜻대로 되지 않아
부끄러운 조바심을
평생의 혹처럼 안고 사는 여인아

표백된 빨래를 널다
앞치마에 가득 하늘을 담아
혼자서 들꽃처럼 웃어 보는 여인아

때로는 고독의 소금 광주리
머리에 이고
맨발로 흰 모래밭을
뛰어가는 여인아

누가 뭐래도
그와 함께 살아감으로

온 세상이 너의 것임을 잊지 말아라 
모든 이가 네 형제임을 잊지 말아라

수녀 2

크고 작은 독 속에
남모르게 익어 가는
간장 된장 고추장

때가 될 때까진
갑갑해도
숨어 살 줄 아네

수도원은
하나의 커다란 장독대

너도 나도 조용히
독 속에 내뿜는
저마다의 냄새와 빛

더러는 탄식하며
더러는 노래하며

제 맛을 낼 때까진

어둠 속에 익고 있네
즐겁게 기다리네

너와 나는

돌아도 끝없는
둥근 세상

너와 나는
밤낮을 같이하는
두 개의 시곗바늘

네가 길면
나는 짧고
네가 짧으면
나는 길고

사랑으로 못 박히면
돌이킬 수 없네

서로를 받쳐 주는 원 안에
빛을 향해 눈 뜨는
숙명의 반려

한순간도
쉴 틈이 없는
너와 나는

영원을 똑딱이는
두 개의 시곗바늘

그네뛰기

사랑은
그네뛰기

당신과 함께
바람을 타고

멀리멀리 나아가는
이승의 줄기찬 몸짓

걷지 않고 뛰어도
사랑은 늘
모자라는 시간

더 높이
날고 싶어라

출렁이는 그리움
발을 구르면

가슴에 묻어오는
아픈 하늘 빛깔

당신

바닷새

이 땅의 어느 곳
누구에게도 마음 붙일 수 없어
바다로 온 거야

너무 많은 것 보고 싶지 않아
듣고 싶지 않아
예까지 온 거야

너무 많은 말들을
하고 싶지 않아
혼자서 온 거야

아 어떻게 설명할까
아무에게도 들키지 않은
이 작은 가슴의 불길

물 위에 앉아
조용히 식히고 싶어
바다로 온 거야

미역처럼 싱싱한 슬픔
파도에 씻으며 살고 싶어
바다로 온 거야

오늘은 내가 반달로 떠도

손 시린 나목의 가지 끝에
홀로 앉은 바람 같은
목숨의 빛깔

그대의 빈 하늘 위에
오늘은 내가 반달로 떠도
차오르는 빛

구름에 숨어서도
웃음 잃지 않는
누이처럼 부드러운 달빛이 된다

잎새 하나 남지 않은
나의 뜨락엔 바람이 차고
마음엔 불이 붙는 겨울날

빛이 있어
혼자서도
풍요로워라

맑고 높이 사는 법을
빛으로 출렁이는
겨울 반달이여

누군가 내 안에서

누군가 내 안에서
기침을 하고 있다
겨울나무처럼 쓸쓸하고
정직한 한 사람이 서 있다

그는 목쉰 채로
나를 부르지만
나는 선뜻 대답을 못해
하늘만 보는 막막함이여

내가 그를
외롭게 한 것일까
그가 나를
아프게 한 것일까

겸허한 그 사람은
내 안에서
기침을 계속하고

나는 더욱 할 말이 없어지는
막막함이여

봄 편지

하얀 민들레 꽃씨 속에
바람으로 숨어서 오렴

이름 없는 풀섶에서
잔기침하는 들꽃으로 오렴

눈 덮인 강 밑을
흐르는 물로 오렴

부리 고운 연둣빛 산새의
노래와 함께 오렴

해마다 내 가슴에
보이지 않게 살아오는 봄

진달래 꽃망울처럼
아프게 부어오른 그리움

말없이 터뜨리며

나에게 오렴

당신의 숲 속에서 1

당신의 숲 속에서 나는
도토리만한 기쁨을 주우며
마음도 영글어 가는
한 마리의 신나는 다람쥐

때로는 동그란 기도의 알을 낳아
오래오래 가슴에 품어 두는
한 마리의 다정한 산새

당신의 숲 속에서 나는
사유의 올을 풀어내어
열심히 집을 짓는
한 마리의 고독한 거미

그리고 때로는
가장 조그만 은총의 빵 부스러기도
놓치지 않고 거두어들이는
한 마리의 감사한 개미

당신의 숲 속에서 2

어느 아침엔
한 편의 서정시로 살아오시더니
어느 밤에는
한 편의 서사시로 살아오시고

어느 봄에는
환상이 흐르는 추상화이시더니
어느 가을엔
은은한 빛의 동양화이시고

어느 여름엔
바닷빛 교향곡으로 오시더니
어느 겨울엔
하얀 눈빛의 가곡으로 오시고

끊임없는 언어와
끊임없는 빛깔과
끊임없는 소리로

당신이 살아오는
당신의 숲 속에서 ―

몽당연필

너무 작아
손에 쥘 수도 없는 연필 한 개가
누군가 쓰다 남은 이 초라한 토막이
왜 이리 정다울까

욕심 없으면
바보 되는 이 세상에
몽땅 주기만 하고
아프게 잘려 왔구나

대가를 바라지 않는
깨끗한 소멸을
그 소박한 순명을
본받고 싶다

헤픈 말을 버리고
진실만 표현하며
너처럼 묵묵히 살고 싶다
묵묵히 아프고 싶다

달팽이 노래

비 오는 날은
나를 설레게 해요

돌층계 위에서
꿈을 펼치다가
잎새에 묻은 빗방울도 핥으며
사는 게 즐거워요

동그란 집 속에
몸을 깊이 감추어도
마음은 닫지 않아요

언젠가는 풀기 위해
감아 두는 나의 꿈

넓은 세상도
사람들도
더욱 잘 보이는
비오는 날

빗방울 끝에 맺히는
기도의 진주 한 알

미묘한 집 속에
숨어 살아도
늘 행복해요

종소리

일어나라
일어나라

귀 있어도 귀먹은
불쌍한 이들아
가슴에 종을 달고
어서 일어나라

너와 나를
당신 집으로 부르시는
그분의 소리

눈 있어도
앞 못 보는 이들이
반쯤 죽어 있던
제 영혼과 만나도록
제 이웃과 만나도록

바람을 가르며
외치는 소리

사람에게 실연당한
하느님 소리

단추를 달듯

떨어진 단추를
제자리에 달고 있는
나의 손등 위에
배시시 웃고 있는 고운 햇살

오늘이라는 새 옷 위에
나는 어떤 모양의 단추를 달까

산다는 일은
끊임없이 새 옷을 갈아입어도
떨어진 단추를 제자리에 달듯
평범한 일들의 연속이지

탄탄한 실을 바늘에 꿰어
하나의 단추를 달듯
제자리를 찾으며 살아야겠네

보는 이 없어도
함부로 살아 버릴 수 없는

나의 삶을 확인하며
단추를 다는 이 시간

그리 낯설던 행복이
가까이 웃고 있네

청소 시간

앞치마에 받은
물기 어린 아침
나의 두 손은 열심히
버릴 것을 찾고 있다

날마다
먼지를 쓸고 닦는 일은
나를 쓸고 닦는 일

먼지 낀 마음 말끔히 걸레질해도
자고 나면 또 쌓이는
한 움큼의 새 먼지

부끄러움도 순히 받아들이며
나를 닮은 먼지를
구석구석 쓸어 낸다

휴지통에 종이를 버리듯
내 구겨진 생각들을

미련 없이 버린다

버리는 일로 나를 찾으며
두 손으로 걸레를 짜는
새날의 시작이여

설거지

살아서 아침을 맞고
또 밤을 보내듯
살아서 밥을 먹고
그릇을 치우네

크고 작은 빈 그릇에 담겼던
내 하루의 언어와 사고를
즐겁게 정돈하는 시간

이 빠진 것들은 따로 치우고
깨어진 것들은 내버리면서
다시 만나는 나의 모습

행주로 그릇을 닦아
찬장에 넣듯이
잃었던 질서를 챙겨
마음속에 포개 넣네

그릇을 닦으며

생활이 노래가 되듯

열심히 하루를 치우는
나의 손끝에서
은빛으로 빛나는
내일의 희망

빨래

오늘도
빨래를 한다

옷에 묻은
나의 체온을
쩔었던 시간들을
흔들어 빤다

비누 거품 속으로
말없이 사라지는
나의 어제여

물이 되어 일어서는
희디흰 설레임이여

다시 세례 받고
햇빛 속에 널리고 싶은
나의 혼을
꼭 짜서 헹구어 넌다

어느 아침

밤새 깔린
어둠의 부스러기들을
행주로 닦아 내고

정결한 식탁에
희망을 차린다

그릇이 부딪칠 때마다
가슴에도 달그락거리는
그 웃음소리

마주 앉은 가족의 눈 속에서
사랑의 언어를 꺼내
양식을 삼는
어느 아침

눈물

새로 돋아난
내 사랑의 풀숲에
맺히는 눈물

나를 속일 수 없는
한 다발의
정직한 꽃

당신을 부르는 목소리처럼
간절한 빛깔로
기쁠 때 슬플 때 피네

사무치도록 아파 와도
유순히 녹아내리는
흰 꽃의 향기

눈물은 그대로
기도가 되네

뼛속으로 흐르는
음악이 되네

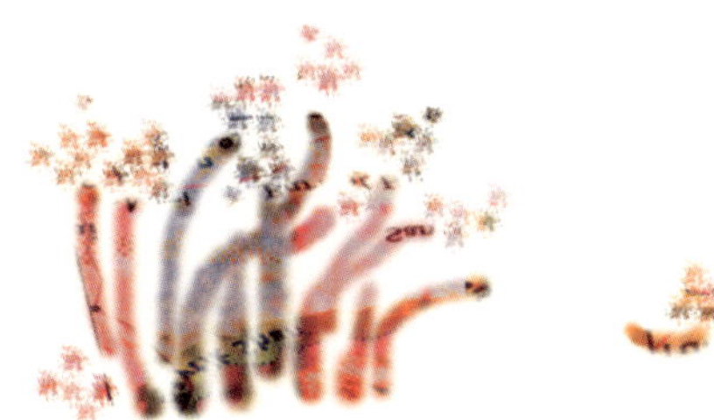

병상 일기 1

앓을 때
나의 하루는
잿빛으로 누운
생각의 바다

그 바다 위에
기도의 배 한 척
띄우려 해도

배는 뜨지 않고
가라앉는 우울의
파편이여

끈끈한 어둠의 손에
내가 붙들려
안간힘 하는 소리

낯선 누군가
날 데려가는 소리

병상 일기 2

새로 빨아
풀 먹인 홑이불처럼
하얀 고독을 덮고
내가 누워 있는 방

그 아무도
오지 않는 지금은
내가
나와 가까운 시간

고통 또한
축복이길
빌어 보지만

시든 꽃을 버리듯이
나는 자꾸만
도지는 아픔을
버리고만 싶었다

바람의 시

바람이 부네
내 혼에
불을 놓으며 부네

영원을 약속하던
그대의 푸른 목소리도
바람으로 감겨 오네

바다 안에 탄생한
내 이름을 부르며
내 목에 감기는 바람

이승의 빛과 어둠 사이를
오늘도
바람이 부네

당신을 몰랐더면
너무 막막해서
내가 떠났을 세상

이 마음에
적막한 불을 붙이며
바람이 부네

그대가 바람이어서
나도
바람이 되는 기쁨

꿈을 꾸네 바람으로
길을 가네 바람으로

겸허하고 투명한 심혼의 표백

구 상

이것은 나의 개인적인 성정性情에서 오는 것이겠지만 나는 세상의 때가 안 묻고 욕심 없어 보이는 청순한 여인네를 만나면 웬일인지 연민의 정이 앞서곤 합니다.

그래서 우리 수녀님들을 대할 때도 무례한 표현이 되겠으나 곧잘 애처롭고 가여운 생각이 듭니다. 물론 나는 그 분네들이 지니는 고결한 삶이나 신령한 사랑의 맛과 기쁨을 아주 몰라서가 아니라, 오히려 부러워하고 있지만 한편 그분네들이 치러야 할 인간적인 갈증과 고독과 아픔의 그 깊이와 부피를 떠올리기 때문에 저런 느낌을 갖는 것입니다.

이런 나에게 이래저래 친숙해서 조카딸처럼이나 여겨지는 이해인 수녀가 그녀의 심혼의 표백이 담긴 이 시집의 "노트"를 갖다주어 읽으면서 나는 몇 번이나 눈시울을 적셨는지 모릅니다.

저 남쪽 바닷기슭 산숲(부산 광안리 성 베네딕도 수녀원)에서 자기 표현대로 한 포기 민들레처럼 살아가는 그 순수한 삶 속에도 어쩌면 이렇듯 마음의 명암이 엇갈릴 뿐만 아니라 더구나 그 쓰라림이나 괴로움이 너무나 본질적이요 구경적究竟的이어서 애련하고, 그 표백도 한恨처럼 억제된 미진성未盡性이어서 더욱 애절해지는 것입니다.

당신이 축복해 주신 목숨이

왜 이다지 배고픕니까

내게 모든 걸 주셨지만

받을수록 목마릅니다

당신께 모든 걸 드렸지만

드릴수록 허전합니다

언제 어디에서 끝이 나겠습니까

「가을 편지」

혹 어떤 이는 수도자의 내면이 어째서 그토록 번뇌와 동요 속에 있느냐고 힐문詰問할지 모르지만 진정 하느님에게 나아가고 그분을 자기 안에 모시기에는 20세기 성총의 시인 폴 클로델의 말대로 "십자가 위의 그분이 겪으신 사방에서 잡아당겨 찢어지는 그 아픔을 치러야 하는 것"입니다. 이를 좀 더 구체적으로 말하면 영혼과 육신, 이성과 감정, 선과 악, 사랑과 미움의 대립과 대결, 모순과 갈등에서 오는 사지가 찢어지는 고통을 그가 세속에 살든, 세속을 떠나서 살든 어느 누구나가 겪어야 하는 것입니다.

그러나 한편 저러한 심전心戰에서 승리하며 부활의 길을 가는 영혼이 그렇듯이 그녀의 노래는 결코 패배나 절망에 떨어지지 않고 언제나 다함없는 의탁과 순명과 자기 다짐 속에 있으며 또한 영혼의 성숙에서 오는 평안과 그 기쁨도 누리는 것입니다.

> 당신의 숲 속에서 나는
> 도토리만한 기쁨을 주우며
> 마음도 영글어 가는
> 한 마리의 신나는 다람쥐
>
> 때로는 동그란 기도의 알을 낳아
> 오래오래 가슴에 품어 두는
> 한 마리의 다정한 산새

「당신의 숲 속에서」

얼마나 밝고 흥그러운 모습입니까? 나는 그녀의 영글어 가는 영혼의 모습이 너무나 장하고 아름다워서 또 한 번 눈시울을 적십니다.

그리고 연상하는 것은 저 미국 현대시의 맏누이라고 불리는 에밀리 디킨슨과 그녀의 시편들입니다. 그녀 역시

아메스트라는 고향 집 울안에서 일생을 독신으로 살며 겸허하고 투명한 심혼의 독백을 하다 간 시인입니다만, 그녀들의 공통성은 저러한 외적인 것보다 그 단조로운 일상 속에서 접한 가장 사소하고 무상한 사물이나 인정을 불멸과 무한, 즉 영원 속에다 연결하려는 끊임없는 지향과 노력과 성취를 그녀들의 시가 보여 주고 있다는 점입니다.

그래서 나는 이해인 수녀가 아직도 불모지대인 우리 가톨릭 시단의 맏누이가 될 것을 바라고 믿으면서 산골의 샘물 같은 그녀의 시편들이 고갈되고 혼탁한 오늘의 우리들의 영혼을 축여 주고 씻어 주고 위로해 주고 격려해 주기를 합장하며 저자와 출판의 기쁨을 함께하는 바입니다.

내 누이야, 아직도 너는

이 인 구

벌써 아득한 얘기가 됐지만 명동의 "갈채 다방"이었던 걸로 기억된다. 고등학교 1학년짜리 너의 글을 들고 원형갑 선생을 만난 것이.

네 글의 내용을 요약하면, 수녀가 되고 싶다는 것, 문학을 하겠다는 것, 대충 그런 뜻이었는데, 아무튼 그 글을 찬찬히 읽고 난 원 선생은 이렇게 장담하는 것이었다.

"이 형의 동생은 절대로 수녀가 안 될 테니 안심하십시오. 수녀가 되기엔 개성이 너무 강합니다. 글재주가 출중하군요."

막연하나마 그 말에 나는 어떤 위안 같은 걸 받으면서 그냥 너를 덤덤하게 지켜만 보기로 작정했었지. 사춘기에 있을 수 있는 감상쯤으로 끝내 줬음 싶은 기대와 함께.

사실 누님도 가르멜 수녀원으로 가 버린 터여서 너마저 떠났을 때의 허탈감 같은 것이 나로 하여금 지레 겁부터

먹게 한 거다.

그러나 내 누이야.

그 후 너는 야멸찰 만큼 모든 걸 주님 안에서의 계획대로 하나하나 실행해 나감으로써 원 선생의 예언이나 나의 어떤 기대를 완전히 뒤엎고 말았다.

지금도 나는 너의 "종신서원" 때의 일을 잊지 못한다.

수녀들의 성가가 천상의 소리인 듯 울리는 가운데 너는 제대 저쪽에서 조용히 촛불을 들고 걸어 나오고 있었다.

그런데 나는 문득 눈을 곱게 내리뜬 네 모습에서 너의 지난날을 떠올리다가 그만 어처구니없게도 주책없이 큰 울음을 터뜨리고 말았구나.

어렸을 적, 그러니까 네가 창경국민학교 다닐 때였다.

천진하게도 그때까지 납치되신 아버님만을 기다리고 있었던 우리, 그때 우린 참 힘겹게 살았다.

그래, 원남동에서 가회동까지 너는 꼭 걸어다녔지. 책가방을 든 채 한쪽 손으로 으레 무슨 책인가를 눈앞에 높이 펼쳐 들고 길을 걸으면서도 열심히 열심히 글을 읽곤 했었다.

눈을 곱게 내리뜬 바로 그 얼굴로 ― 그때 그 얼굴이 자꾸만 내 눈앞에 겹쳐서 아픔으로 밀려오는 눈물에 난 그만 자제력을 잃고 말았던 거다.

식이 끝난 뒤 너는 활짝 웃는 얼굴로 내 앞에 다가와서 이렇게 말했지.

“참 별일이네. 오빠가 다 울다니!”

그렇다. 너는 그때 이미 성숙한 수녀가 되어 있었다.

이제 너는 세 번째 시집을 준비하고 있다.

앞서 내놓은 『민들레의 영토』나 『내 혼에 불을 놓아』 모두가 여전히 판을 거듭하고 있다는 사실이 무척 놀랍다. 너는 어느새 그만큼 많은 독자를 갖게 된 행복한 시인이란 얘기가 되지 않겠니?

내 누이야, 참 용하구나.

정말 용케도 두 가지를 다 해냈구나.

고등학교 1학년 때의 네 결심대로

너는 지금 이렇게 수녀가 되어 있다.

너는 지금 이렇게 시인이 되어 있다.

내 누이야, 아직도 너는 많은 날들을 남모르는 아픔으로 견디어야겠지만.

원을 향해 차오르는 반달의 시학

김 승 희

신은 무한하고 완전한 존재로 불완전한 인간 앞에 서 있다. 완전한 존재란 흔히 원(Circle)의 형상으로 인간 심성 속에 구현되었고 그리하여 신은 문학 속에서 원형의 모습으로 자주 드러난다. 신의 존재뿐만 아니라 "완전한 깨달음" 혹은 "완전한 삶" 역시 원형으로 제시되는데 불교에서의 깨달음의 극치로서의 "만다라" 형상이 그렇고, 반고흐가 그 타오르는 극치의 직관으로써 "삶이란 아마도 둥근 것 같다"고 표현했을 때 원의 그 무한한 전체성과 통일성이 삶의 근원과 닿아 있다는 것을 느낀 것 같다. 항상 완전한 삶을 그리워하며 과일처럼 자신의 삶과 죽음이 둥글게 성숙되기를 꿈꾸었던 라이너 마리아 릴케 역시 둥글게 퍼진 한 그루의 밤나무 때문에 우리의 존재가 둥글어지고 우주 전체가 둥글어지는 존재론적 화해와 성숙의 기쁨을 노래한 적이 있다.

　　이해인 수녀의 제3시집 『오늘은 내가 반달로 떠도』를 읽을 때 가장 먼저 두드러져 오는 것은 "오늘"이라는 현실 상황은 반달처럼 불완전하고 결핍된 존재이지만 그 결핍 상황은 "내일"이라는 미래의 시점에서 "보름달"처럼 둥근, 완전하고 무한에 찬 원을 꿈꾸게 한다는 것이다. 반달이라는 현재의 결핍 상황은 격렬한 영혼의 굶주림과 배고픔을 배태하고 보름달의 원을 향한 고통스런 궤도를 간다. 그것을 동양적 표현으로 구도의 길이라고 해도 좋고 그녀가 수녀로서 살아가고 있음과 관련하여 "수도의 길"이라고 불러도 좋다. 아니면 한국 문학에서 되풀이되어 구원의 존재로 나타나는 "님을 찾는 길"이라 해도 무방하다. 결핍된 존재가 충족된 존재로 변신하려는 끝없는 노력, 아니면 결핍된 존재가 충족된 존재로 합일하려는 귀의의 몸짓이 바로 반달의 숙명적 궤도인 것이다. 그 궤도에서 느끼는 한 영혼의 고통, 내밀한 기쁨, 혹은 배고픔과 굶주림과 절망과 찬미를 이 시집은 보여 준다. …

—『문학사상』 1983년 11월호 41쪽에서 발췌